O HOMEM DE OLHOS DANÇANTES

Sophie Dahl

Ilustrações

Annie Morris

Tradução

Adriana Falcão

(com a colaboração de Tatiana Maciel)

JOSÉ OLYMPIO
EDITORA

Título original em inglês
THE MAN WITH THE DANCING EYES

Copyright © texto de Sophie Dahl, 2003
Copyright © ilustrações de Annie Morris, 2003

Reservam-se os direitos desta edição à
EDITORA JOSÉ OLYMPIO LTDA.
Rua Argentina, 171 - 1º andar - São Cristóvão
20921-380 - Rio de Janeiro, RJ - República Federativa do Brasil
Tel.: (21) 2585-2060   Fax: (21) 2585-2086
Printed in Brazil / Impresso no Brasil

Atendemos pelo Reembolso Postal

ISBN 85-03-00762-2

Ilustrações de capa: Annie Morris
Projeto de capa e miolo: William Webb
Foto das ervilhas-de-cheiro: John Beedle/Flowerphotos
Adaptação do projeto gráfico: Hybris Design

CIP-BRASIL. CATALOGAÇÃO-NA-FONTE
SINDICATO NACIONAL DOS EDITORES DE LIVROS, RJ

D129h
Dahl, Sophie
        O homem de olhos dançantes
    / Sophie Dahl; ilustrações de Annie Morris, tradução de Adriana
    Falcão. – Rio de Janeiro: José Olympio, 2003
        il.;

        Tradução de: The man with the dancing eyes
        ISBN 85-03-00762-2

        1. Ficção inglesa.
    I. Falcão, Adriana, 1960–. II. Título

03-0785.   CDD 813
                            CDU 821.111(73)-3

Para a família Shaffer

com imenso amor e gratidão

S. D.

Na meia-luz dourada de uma tarde de verão, aquelas tardes em que todo tipo de mágica pode acontecer, e sempre acontece, no meio uma festa, num jardim selvagem, com planta por todo lado, estava Pierre, se equilibrando em saltos inadequadamente altos, rodeada po uma sinfonia de rosas.

Ninguém
sabia
de onde
ela veio
nem
o que ela
fazia.

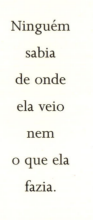

Na verdade, Pierre não tinha nenhum grande segredo,
nem era a amante de um rei longínquo.
Simplesmente era muito tímida e reservada, só isso.

Seu nascimento e seu nome foram resultados de uma ligação improvável entre um botânico presunçoso e uma encantadora (porém distraída) soprano italiana, que por acaso se encontraram, exilados e sozinhos, longe de seus países de origem, numa estranha noite eletrizante. Foi na grande cidade de Nova York, enquanto uma terrível tempestade esbravejava lá fora, que nossa heroína foi concebida, entre os lençóis de linho do Hotel Pierre.

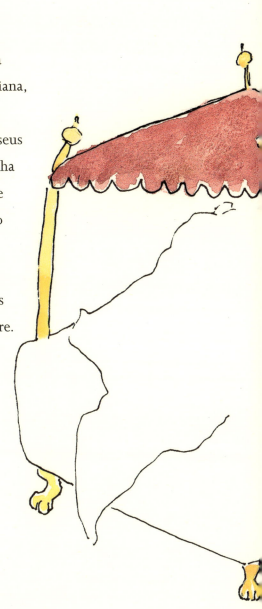

Ela passou a infância numa casa alta e imponente na Belgrávia –
sozinha, apesar do exército de babás que cuidavam dela
com adoração. Passava os verões num *palazzo* em ruínas fora de
Roma, chamado Villa Splendida, e assim transcorria sua juventude
doce, solitária e sossegada, até que o pai ou a mãe, por remorso ou
por saudade, resolvesse aparecer fazendo a
maior balbúrdia e então a carregasse para algum lugar exótico,
por uma ou duas semanas.

Normalmente ela era mais feliz à sua lareira,
com o narizinho enterrado
em algum livro.

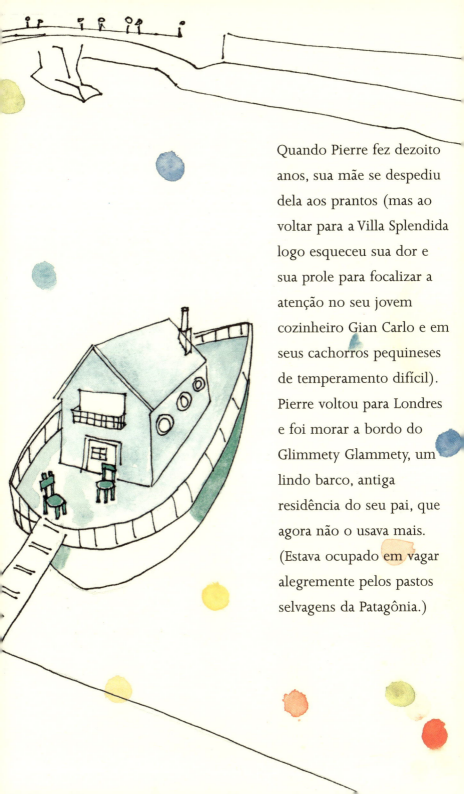

Quando Pierre fez dezoito anos, sua mãe se despediu dela aos prantos (mas ao voltar para a Villa Splendida logo esqueceu sua dor e sua prole para focalizar a atenção no seu jovem cozinheiro Gian Carlo e em seus cachorros pequineses de temperamento difícil). Pierre voltou para Londres e foi morar a bordo do Glimmety Glammety, um lindo barco, antiga residência do seu pai, que agora não o usava mais. (Estava ocupado em vagar alegremente pelos pastos selvagens da Patagônia.)

Como sua fome por livros se tornasse cada vez mais voraz, Pierre ficou feliz da vida quando foi trabalhar na Beaney Esquire, uma loja de livros raros em King´s Road, porque agora podia passar os dias imersa nas páginas amareladas dos clássicos. O Sr. Beaney era um homem corpulento, de bom coração, e um tanto beberrão, verdade seja dita. Tinha um vira-lata chamado Sampson, um cheiro de *tweed*, cigarro e linho engomado, e todos os dias, à uma hora em ponto, almoçava com uma garrafa de cerveja e uma xícara de chá com uísque, ritualmente.

Foi na festa à fantasia que o Sr. Beaney promovia todos os anos em sua casa empoeirada na Old Church Street (cujo tema era grandes figuras da literatura, 1850-1930), naquele jardim selvagem com plantas por todo lado, que Pierre vislumbrou os olhos do destino.

Os compassos iniciais da sua música favorita de Ella Fitzgerald começaram a tocar, e quando ela tentou dar um passo descobriu que estava firmemente enraizada ao chão, ancorada por seus sapatos Christian Louboutin.

Pierre sentiu um toque em seu ombro e então se viu olhando para os olhos mais maliciosos e dançantes que já tinha visto.

"Você parece estar afundando",
comentou seu futuro amor (embora nenhum dos dois soubesse disso nem sequer se conhecessem).

"Ah, é você",
disse ela, e enrubesceu em centenas de tons de escarlate.

"É, sim",
respondeu ele, divertido com tantas cores, e logo fantasiou: ela cercada por uma tropa de bebês encantadores. (Dele.)

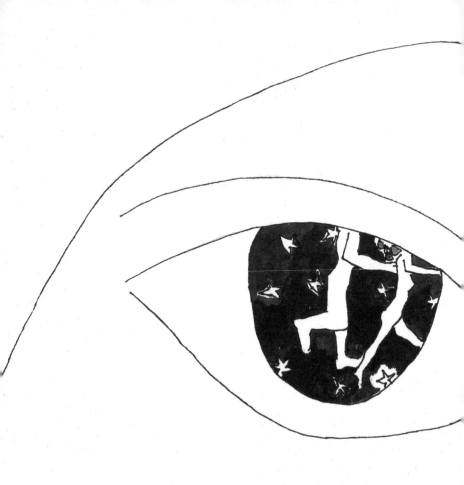

Pierre e o homem de olhos dançantes (foi assim que ela o batizou) valsaram noite adentro. Mais tarde, sob as estrelas, sentaram-se para fazer um piquenique (habilmente providenciado pela loja Claridge), e beberam oceanos de champanhe.

Eles riram e riram, mas não conseguiram comer, é claro, pois quem pode... e quem quer... e quem precisa... COMER... quando é o começo do amor?

Quando o sol começou a subir preguiçosamente
no céu de Londres, ele a beijou na
Albert Bridge. Ela foi tomada por uma explosão inexplicável de
alegria. Mas podia também ser o champanhe.

E ali começou um romance glorioso.

O homem de olhos dançantes era um pintor (e era brilhante, e elegante). Uma tatuagem de sereia ondulava sedutoramente em seu braço. Ele cantava Bob Dylan desafinando, mas com tanta alma... Às vezes se levava um pouco a sério demais. Mas sabia fazer galanteios maravilhosos, no estilo de Byron.

O Sr. Beaney não gostou nem um pouco quando um par de periquitos, e depois cavalos-marinhos, entremeados por uma trilha de ervilhas-de-cheiro, foram tomando conta da loja. "Isto é uma livraria, não uma arca", reclamou ele irritado. Pierre deu de ombros inocentemente, o Sr. Beaney riu, e ela se deixou levar pela sensação de ser tomada por uma coisa muito maior do que ela.

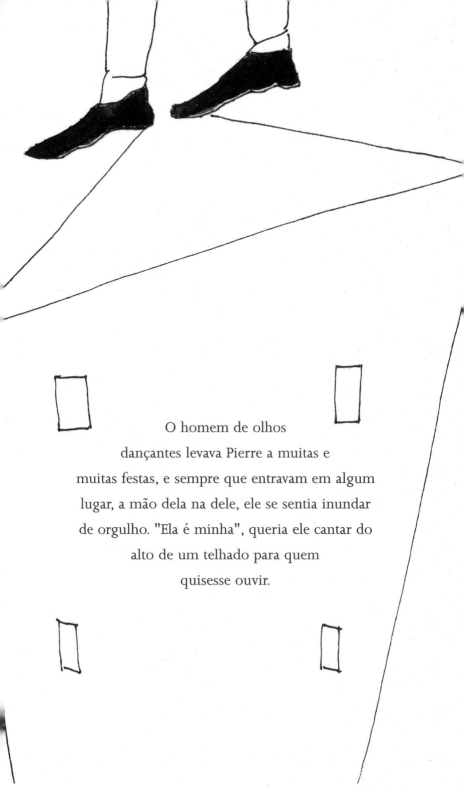

O homem de olhos dançantes levava Pierre a muitas e muitas festas, e sempre que entravam em algum lugar, a mão dela na dele, ele se sentia inundar de orgulho. "Ela é minha", queria ele cantar do alto de um telhado para quem quisesse ouvir.

Um dia ele perguntou se podia pintá-la.
Avisou aos amigos: "Encontrei minha musa."
Pierre, que nunca tinha sido uma musa antes, achou
muito emocionante ficar lá posando, deitada e imóvel,
vestindo uma cauda de sereia e mais nada.

Mas ser uma musa é uma coisa perigosa...

Quando a noite, fiel companheira dos amantes, interrompeu o di
eles se sentaram na proa do Glimmety Glammety
em silêncio, balançando os pés na água.
"Se você pudesse morar em qualquer lugar do mundo,
onde seria?", perguntou o homem de olhos dançantes.
"Numa casa no campo, provavelmente na Itália, com uma
lareira, quatro bebês e um bode."

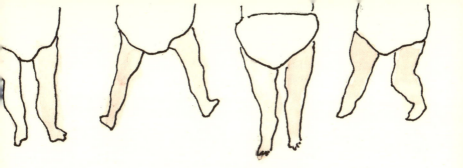

"Sei", respondeu ele, sorrindo. A felicidade de Pierre iluminava tudo em volta. Ele cantava *I Want You*, de Bob Dylan, como uma canção de ninar todas as noites.

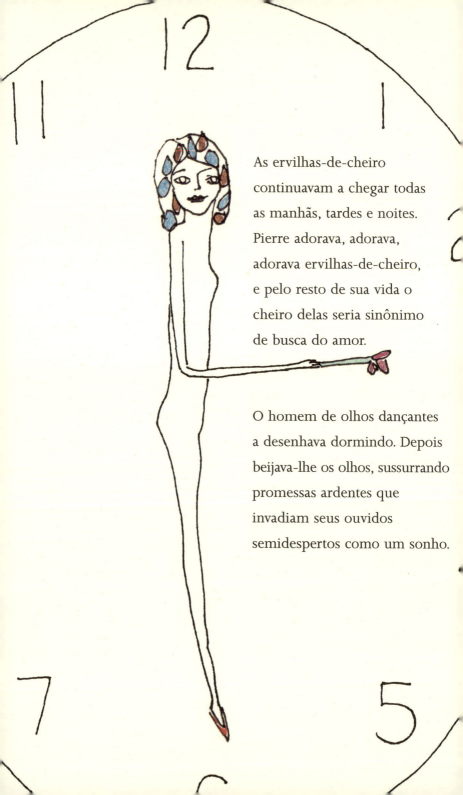

As ervilhas-de-cheiro
continuavam a chegar todas
as manhãs, tardes e noites.
Pierre adorava, adorava,
adorava ervilhas-de-cheiro,
e pelo resto de sua vida o
cheiro delas seria sinônimo
de busca do amor.

O homem de olhos dançantes
a desenhava dormindo. Depois
beijava-lhe os olhos, sussurrando
promessas ardentes que
invadiam seus ouvidos
semidespertos como um sonho.

Aquele verão foi só encantamento, um encantamento que não acabava. Uma manhã, quando o dia jorrou pela janela, Pierre abriu os olhos e viu sete homenzinhos cantando madrigais na proa do Glimmety Glammety. Seu amor surgiu na porta da cabine.
"Sou louco por você", decretou ele.
"Que sorte a minha", disse ela.
Mais tarde ele ganhou uma partida no jogo de palavras cruzadas e ela ficou irritadíssima.

Nessas noites calmas, uma após outra, Pierre relaxava em sua banheira, transbordante de bolhas de espuma, enquanto ele lia T. S. Eliot para ela, e só parava para colocar mais uma torrada com geléia Cooper na sua boca.

E mesmo assim, para surpresa geral, ainda havia alguma coisa intangível,

indefinível, não inteiramente certa. A admiração dele, embora ardente,

s vezes oscilava com as marés, e Pierre se sentia estranhamente amedrontada.

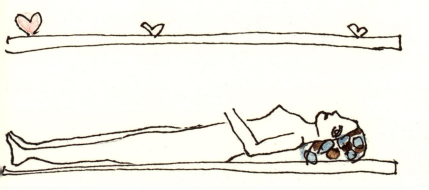

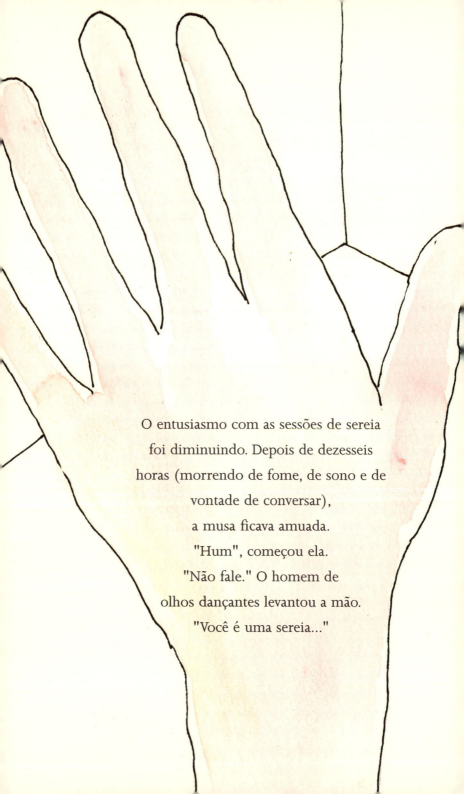

O entusiasmo com as sessões de sereia
foi diminuindo. Depois de dezesseis
horas (morrendo de fome, de sono e de
vontade de conversar),
a musa ficava amuada.
"Hum", começou ela.
"Não fale." O homem de
olhos dançantes levantou a mão.
"Você é uma sereia..."

"Eu não sou uma sereia", protestou Pierre. "Sou
uma garota e não é só na sua imaginação
que eu existo. Eu estou aqui.
Agora. Eu sou real."
"Não se mexa", disse
o homem de
olhos dançantes,
tentando conter
a irritação.
"Você é IMPOSSÍVEL",
gritou Pierre,
e saiu em
disparada pela
porta, e sua
cauda,
sem outra
alternativa,
seguiu
atrás
dela.

Numa desgraçada noite chuvosa
de um domingo, quando
eles se deitaram lado a lado,
Pierre perguntou,
tonta, confusa: "Você
acha que sempre vai
me amar um pouco?"
"Sempre um pouco",
disse ele calmamente.
Ah, como ela detestava,
detestava, detestava noites
chuvosas de domingo
ao lado de uma paixão.

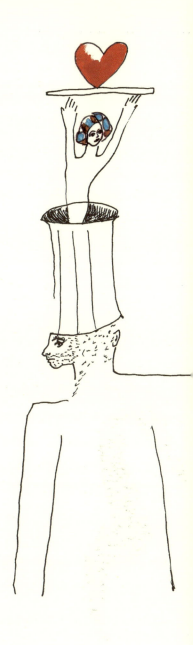

Infelizmente, como todo mundo diz, tudo que é bom acaba (POR QUÊ?). Quando o verão se transformou num tedioso outono, ele cometeu uma imprudência que partiu em dois o coração dela. Que tolo, que tolo.

Foi uma traição tão grande que ela não pôde agüentar, e então decidiu ir para algum lugar, qualquer lugar, desde que ele não estivesse lá dentro.

Ela contou o seu plano ao Sr. Beaney no fim de uma tarde de setembro. Foram os ombros dela, curvados, e o infortúnio em seus olhos, que o fizeram uivar descontroladamente.
"Volte logo, minha querida", disse ele, num soluço, entregando-lhe uma primeira edição de The House of Mirth.

Até os cavalos-marinhos pareciam tristes; uma façanha e tanto para um cavalo-marinho.

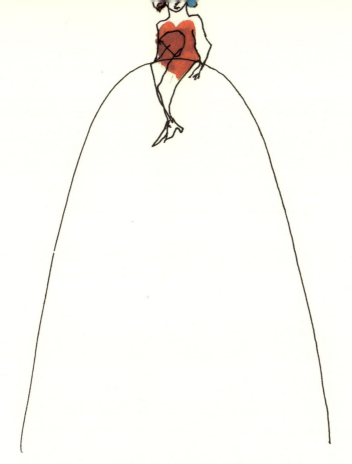

O homem de olhos dançantes telefonou um
dia antes dela partir.
"Não posso dizer para onde estou indo",
disse ela.
"Pois nem eu mesma sei direito.
Talvez entre para o convento."
Ele riu, desanimado.
"Irmã Pierre, qual
será o nome da
sua Ordem?"

"Minha Ordem se chamará
o Convento do Coração Despedaçado
e da Piedade Absoluta."

Uma pausa.
"Adeus."

Pierre arrumou as malas e deixou
para trás, às pressas, o fim do seu
trágico romance. Parecia até que seu
coração tinha sido picado por dez mil
abelhas zangadas. Seu destino: a
cidade onde fora concebida.

E lá na sua frente estava Nova York, esparramada em toda a sua glória fascinante.

Uma angústia e um terror tomaram conta de Pierre quando ela observou a cidade grande. "Isto aqui é uma aventura", disse ela, convictamente, para o vento. Duas gaivotas gaiatas nova-iorquina grasniram ironicamente quando passaram por ela.

"Ah, não enche", disse ela, e entã logo se sentiu melhor, ao atravess a Brooklyn Bridge, saltitante, dançando em dois compassos...

Ela foi morar com uma amiga da sua mãe chamada Blue, num pequeno apartamento na West 4th Street. Blue era de Nova Orleans, usava unhas escarlates, tinha uma queda por músicos de jazz e uma tosse de fumante. Ela bebia chá noite e dia.

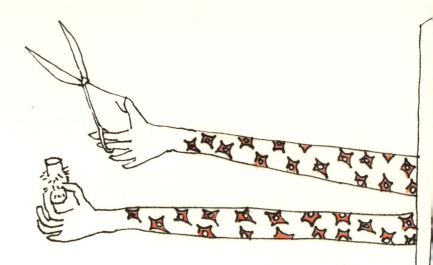

O apartamento ficava em cima de um salão de beleza, onde se lia em uma placa "Hubert... Hair", e quando Pierre saía à noite, sempre despenteada, um homem magro e alto corria atrás dela com os seus apetrechos de cabeleireiro, gritando tristemente: "Só um retoque rápido." "Aquele deve ser Hubert", pensava ela.

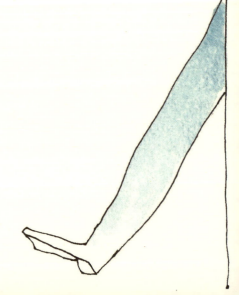

Ela arranjou um vira-lata de olhos fiéis e o batizou de Froggy.

Froggy adorava Pierre, e à noite se enroscava carinhosamente aos pés dela com um olhar a um só tempo curioso e compreensivo sempre que ela chorava.

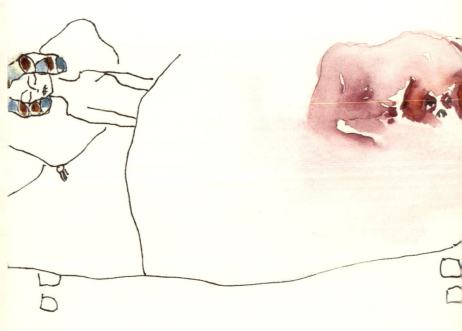

Quando caía no sono, exausta, ela sonhava com marinheiros de olhos tristes cantando canções para sereias entediadas, e às vezes também sonhava com ele. Então acordava, sozinha, e ficava furiosa com seu subconsciente por deixá-lo invadir seus sonhos.

"Como ousa", sussurrava ela para ninguém em particular.

Pierre foi ser modelo de um pintor chamado
Chin. O estúdio dele era ventilado, mas
silencioso demais, quase sagrado. Ainda bem
que o reconfortante assovio do aquecedor
aquietava-lhe a confusão dos pensamentos.
Chin enrolava uma faixa empoeirada
de seda Shangai no corpo dela e ensinou-lhe
a dançar tango. Ela o ensinou a dar nós de
marinheiro e a beber tequila sem fazer careta
— UMA ARTE. Ela era uma
mulher da Renascença,
dizia ele.

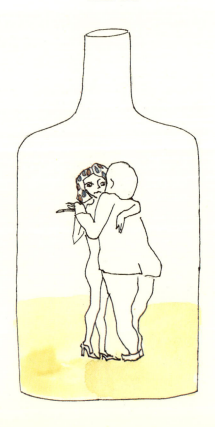

Quando decidiu que era hora de mudar, ela confiou suas madeixas a Hubert, o cabeleireiro do andar de baixo.

FOI UM ERRO.

Numa tentativa obstinada de esquecer o homem de olhos dançantes, Pierre teve de suportar uma série de jantares insuportáveis com um monte de pretendentes que não tinham nada a ver com ela, mas se sentiam encorajados por aquele seu ar de melancolia e indiferença.

Para a alegria de Hubert, sempre chovia flores.

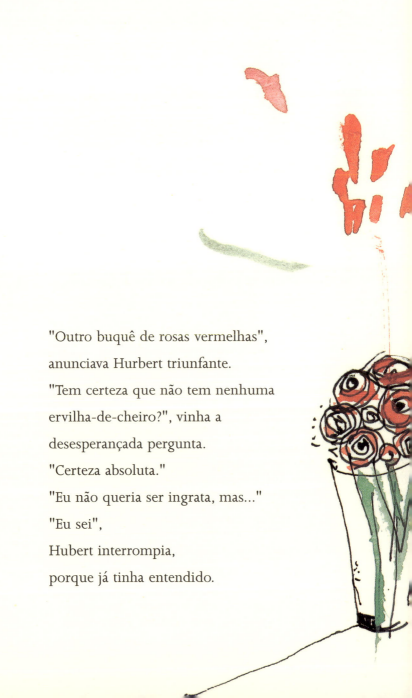

"Outro buquê de rosas vermelhas",
anunciava Hurbert triunfante.
"Tem certeza que não tem nenhuma
ervilha-de-cheiro?", vinha a
desesperançada pergunta.
"Certeza absoluta."
"Eu não queria ser ingrata, mas..."
"Eu sei",
Hubert interrompia,
porque já tinha entendido.

Quando chegava em casa desses jantares, destroçada
pela dor de uma saudade que já era quase doença, ela vestia
sua camisola e escrevia para o homem de olhos dançantes
cartas que nunca foram enviadas.

Uma noite ela estava sentada na escada de incêndio do edifício,
quando um táxi parou lá fora. O rádio do táxi tocava *I Want You* tão
alto que num ímpeto, por um delicioso minuto, ela até cogitou
se não era ele que tinha
vindo buscá-la. Então o
táxi foi embora, e ela foi
à janela do quarto
xingando o seu coração
romântico, batendo a
cabeça na parede.
"Maldito, maldito Bob
Dylan", chorava.
Froggy chorou
também,
solidário.

> Pierre
>
> O homem de olhos dançantes
> está deseperado para ver você.
> Ele tem vindo sempre na loja
> muito choroso em busca das
> primeiras edições. Está me
> deixando maluco. Já estou
> ficando com pena dele,
> só um pouquinho.
>
> Com amor,
> Beaney

> Pierre
> West 4th St.
> Nova York

A mão comprida do Sr. Beaney arremessava postais na caixa de correio.

Pierre respondeu a carta.

> Querido Sr. B.
> Não fique.
> Com amor,
> Pierre

Mas seu coração palpitou um pouco. "PARE. AGORA." Era uma ordem.

Certa manhã, enquanto bebia sua habitual xícara de chá, Blue suspirou cansada e tossiu com força.

Acendeu outro cigarro e disse: "Por que você não se casa com alguém rico e chato, minha querida?"

"Eu acho que não conseguiria", respondeu Pierre com tristeza.
"Humpf", resmungou Blue.

Blue era uma solteirona.

Pierre resolveu seguir o conselho de Hubert ("Quem pode resolver sua angústia é um analista") e saiu para tomar o café da manhã com Ernest, um psiquiatra freudiano. "Vamos falar sobre o seu pai." Ernest se entupia gulosamente de *waffles*.

"Será que precisamos mesr Ernest?" Pierre batia impacienteme o salto vermelho no chão, pensar no presunçoso botâni

"Como eu gostaria de pintar você." Ele olhou para ela com um jeito sedutor. "Ernest", falou Pierre gentilmente, "minha vida já está complicada demais, para dizer a verdade."

Foi sua primeira e ÚNICA experiência com análise.

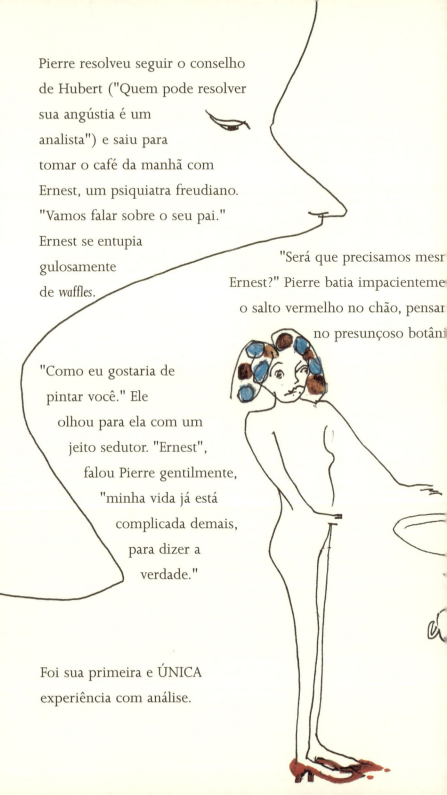

Uma vez, ela conheceu um grupo de italianos animados, e eles passavam as noites no Brooklyn, se embebedando desesperadamente de licor Zambuca.

Ela sempre ganhava deles no pôquer, e quando perguntou com um ar bem sério:

"Vocês são da Máfia?", eles riram muito.

Claro que eram; e todos se chamavam Frankie.

Quando não estava posando para Chin, ela andava pelas ruas de

Manhattan e, sem se dar conta, via-se de repente na Sala das Múmias n

Metropolitan Museum of Art.

Esse passou a ser um de seus refúgios favoritos.

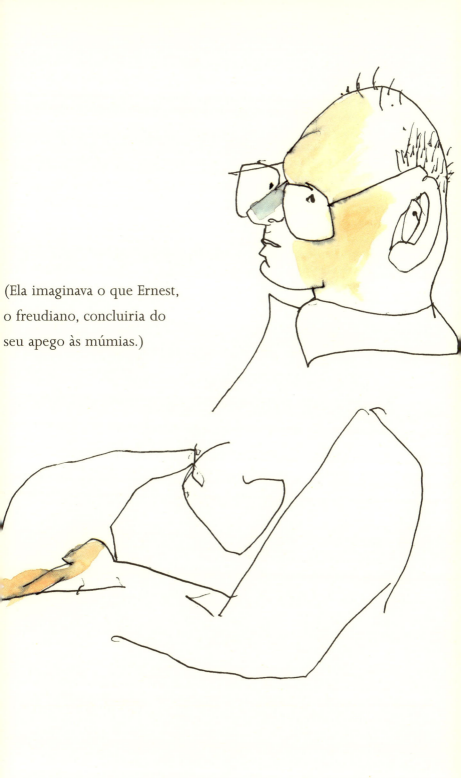

(Ela imaginava o que Ernest, o freudiano, concluiria do seu apego às múmias.)

Aos sábados,
Hubert e Pierre
tomavam o café da manhã
no Hotel Mercer. Era ótimo.
Os dois decidiram que
quando fossem
MUITO RICOS
de verdade iriam morar lá e
dar festas interessantes,
almoços fartos.
"Ah, como eu adoro o
Mercer", suspirava Pierre
enquanto, discretamente,
dividia seu pão com Froggy.

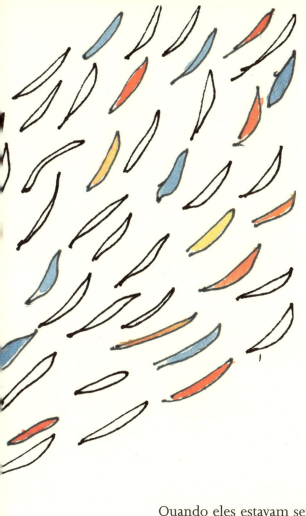

Quando eles estavam sem dinheiro,
iam à Canal Street comprar chinelos
chineses, borboletas de papel e
metros de fita.

Voltando do estúdio de Chin para casa com Froggy
caminhando ao seu lado, o tempo fechou de repente e
a cidade pareceu crescer em volta dela. Pierre sentiu
então uma onda de carinho por Nova York.

Entrou na West 4th Street, porta adentro, e disse
solenemente: "Blue, eu amo este lugar."

"POR ENQUANTO," havia um pesar na voz de Blue.

Pierre beijou-lhe as bochechas e elas se puseram
a dançar com os Frankies ao som de Dean Martin
até às três da manhã.

O Natal foi quase uma tragédia. Hubert tinha-se apaixonado e ido para a Flórida. Blue estava deprimida, trancada no quarto, soltando nuvens de fumaça por baixo da porta.

Pierre ainda tentou ponderar: "Hoje é dia de ficar alegre."

"Me deixa com a minha desgraça", gemeu Blue.

Mais tarde ela saiu do quarto e devorou com ansiedade um prato de torta de carne.

As rosas dos pretendentes que não tinham nada a ver com ela, banidas do seu quarto, formavam uma longa fila no corredor do apartamento.

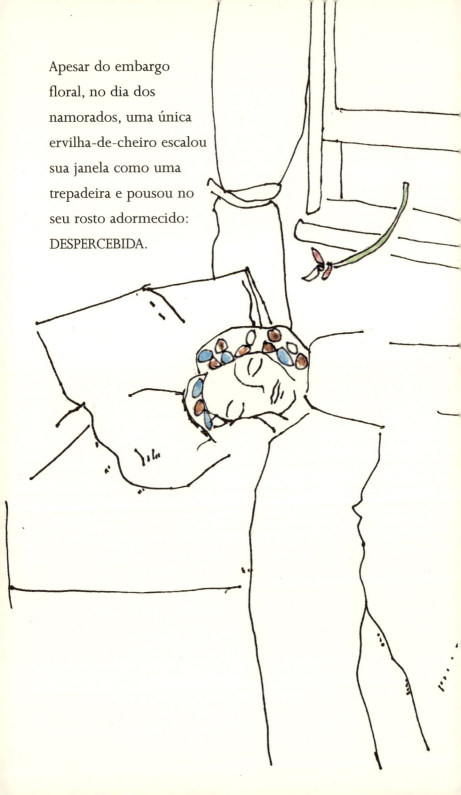

Apesar do embargo floral, no dia dos namorados, uma única ervilha-de-cheiro escalou sua janela como uma trepadeira e pousou no seu rosto adormecido: DESPERCEBIDA.

"Acho que vai acontecer alguma coisa", disse Blue, às voltas com o seu chá. "Eu sinto aqui dentro de mim."

Pierre pensou um pouco e chegou à conclusão de que não estava interessada no que Blue sentia lá dentro dela.

O táxi que levou Pierre corria tanto
que quase lhe quebrava o pescoço. No rádio,
tocava a música de Ella Fitzgerald que ela tinha
dançado na festa do Sr. Beaney. Em seguida
tocou uma versão de I Want You.

"Que engraçado", pensou Pierre, olhando desconfiada
para o motorista.

"Tomara que você tenha um amor pra te aquecer",
disse o motorista quando ela desceu.

"Eu tenho", respondeu Pierre irritada.
"O meu cachorro. Adeus."

"Eu nem ligo, eu tenho um amor pra me aquecer", cantou Pierre. "Só que eu não lá lá lá..."

Estava frio em Nova York. O vento queimava o seu rosto e seu cabelo chicoteava suas orelhas.

Ela se sentou nos degraus do Metropolitan com Froggy no colo e ficou ali olhando a Quinta Avenida.

"Ai, Froggy", disse ela sentindo uma mis de nostalgia, cansaço e saudade.

Por um momento, ela teve a impressão de ter visto o Sr. Beaney, com jeito de quem estava tramando alguma, perdido no meio do trânsito. A impressão passou e voltaram seus pensamentos tristes que ultimamente andavam muito auto-indulgentes.

Pierre sentiu um toque em seu ombro e depois se viu olhando para os olhos mais maliciosos e dançantes que já tinha visto.

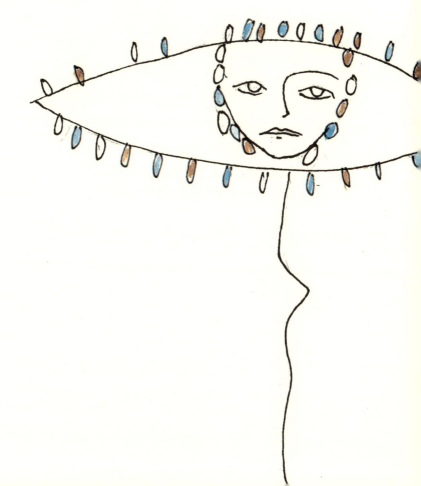

"Ah, é você", disse ela.

"Sou eu. Eu te amo. Quero morar
na Itália, quero ter uma lareira, quatro
bebês e um bode. Não agüento mais
ficar longe de você."

"Vai embora. Depois que o deixei, eu
conheci um toureiro de Sevilha", mentiu ela.

"Oh", disse ele gravemente.

Longo silêncio.

"Não é verdade", confessou ela, num impulso, morrendo de vergonha.

"Eu te amo. É péssimo, é triste, e eu tentei tanto não amar, mas eu amo."

Este livro foi impresso nas oficinas da
EDITORA SANTUÁRIO
Rua Padre Claro Monteiro, 342 – Aparecida do Norte, SP
para a
EDITORA JOSÉ OLYMPIO LTDA.
em maio de 2003

*

71º aniversário desta Casa de livros, fundada em 29.11.1931